alas de amapola

ExLibric

JESÚS LÓPEZ JIMÉNEZ

alas de amapola

EXLIBRIC

ANTEQUERA 2017

ALAS DE AMAPOLA
© Jesús López Jiménez
© de las imágenes de cubiertas e interior: Jesús López Jiménez
Diseño de portada: Dpto. de Diseño Gráfico Exlibric

1ª edición

© ExLibric, 2017.

Editado por: ExLibric
c/ Cueva de Viera, 2, Local 3
Centro Negocios CADI
29200 Antequera (Málaga)
Teléfono: 952 70 60 04
Fax: 952 84 55 03
Correo electrónico: exlibric@exlibric.com
Internet: www.exlibric.com

ISBN: 978-84-18912-60-3

Nota de la editorial: ExLibric pertenece a Innovación y Cualificación S. L.

JESÚS LÓPEZ JIMÉNEZ

alas de amapola

*A él, Indicavía, a mi maestro, Michael Ende,
por abrirme las puertas del tiempo
y aquel que compartimos
al otro lado del espejo,
mostrándome las letras
y descubriendo mi imaginación.*

*A ellas, África, Manoli, Juani,
quienes me han enseñado y enseñan
el mundo de las mujeres.*

*A quien nos ha tratado como si fuera nuestro padre
y se ha convertido en nuestro hermano y amigo,
gracias por habernos dado alas Dani.*

*A Isa, Celia y Claudia,
por ser ellas el sueño del reflejo
del espejo en el espejo.*

¿Cuál fue su castigo?
Cortarle las alas a la mariposa.
Por eso la amapola es roja,
es una mariposa condenada a no volar nunca más.

La pradera estaba tamizada de blanco, las nieves ya habían pasado y las pocas que quedaban, reposaban en las alta cumbres, resplandeciendo al sol como faros en la niebla. Algo más arriba de las paredes verticales, se alzaban majestuosos los riscos negros, ellos quedaban junto con los eternos Edelweis, allí donde nada permanecía.

Las flores vivían tranquilas en el prado. Cuando las observabas, parecían que estaban solas en los claros del bosque. Amapolas y margaritas completamente blancas. Las brisas de aire las sobrevolaban sonrientes, deteniéndose tan solo un instante, conociéndolas una a una, para dejarlas poco después, al ser arrastradas por el viento.

Aquel jardín no era muy grande, estaba en el interior del bosque azul, entre altos y vetustos árboles que lo coronaban. Abedules, olmos y hayas miraban entre los abetos azules aquellos maravillosos ojos blancos que todo lo sentían.

Su cuerpo era delgado, casi efímero y de una delicada tonalidad verde, las hojas que le daban vida eran pequeñas, casi inexistentes, y arriba, en lo más alto del tallo, unos enormes pétalos blancos se abrían a las montañas y a las altas copas mirando el azul del cielo.

La amapola desde su más tierna infancia se dio cuenta de que permanecería aferrada a la tierra.

Los pétalos blancos se mecían junto con la voz del viento.

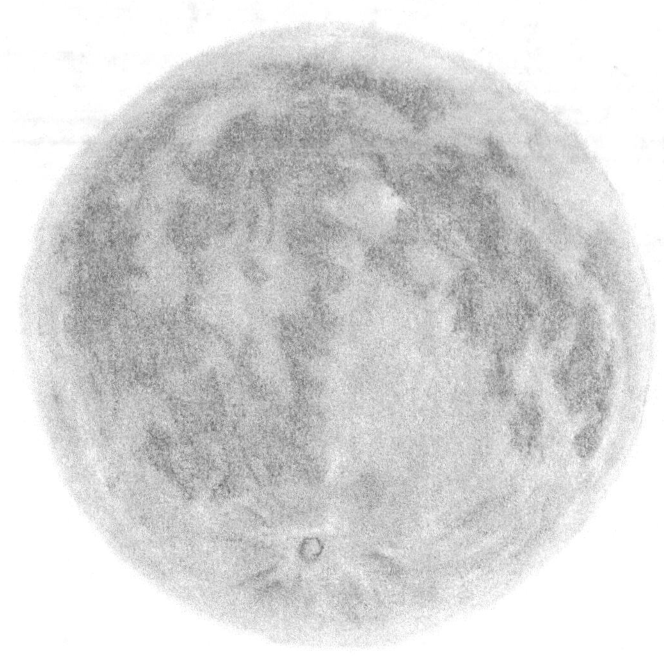

Era habitual que así pasasen los días, desde la salida del sol hasta cuando él se marchaba tras las altas montañas. Entonces la luna se dejaba ver, rompiendo la oscuridad como la luz de una madre. Ella no solo hacía la noche más bella, sino cálida y hogareña en donde la palabra evocada no iba a ser olvidada.

Así transcurría el tiempo, en aquella aparente monotonía. En una ocasión, la amapola creyó ver una flor volar.

Durante días se quedaba meditando sobre aquella frugal imagen, una flor volando.

Le preguntaba a sus compañeras, a sus amigas de correrías, nadie sabía, nadie la entendía hasta que tomó la decisión de que su pequeña voz alcanzase la copa de los abetos, ellos eran viejos como las montañas y seguro que sabrían darle una respuesta.

—¿Hay flores que vuelan? —le preguntó la amapola al viejo abeto, al que siguió un largo rato de silencio.

—Creemos que has visto una mariposa.

—No eran pétalos caídos y arrastrados por el viento, ni molinillos en el aire, ella vestía sus pétalos... —le dijo para intentar describir lo que nunca había visto.

—¿¡Sí!?... entonces era una mariposa.

—¿Una mariposa?

Desde aquel instante se enamoró de aquella imagen y de aquella palabra.

—No te apures que pronto vendrán a visitarte.

Así estuvo durante los siguientes días, viviendo, sintiendo, soñando en la imagen irreal del recuerdo de una flor volando... una mariposa.

El frío gélido de las nieves no descendía por la mañana y el calor del mediodía se quedaba hasta la noche. Antes de irse la amante de plata para siempre volver, un reflejo de luna fluyó sobre el prado blanco del bosque.

La vio volar por primera vez a la luz de la luna... se había enamorado de una imagen, se había enamorado de un sueño, se había enamorado de un recuerdo, se había enamorado de un reflejo de luna... se había enamorado de una mariposa.

Miró hacia atrás, creyó ver algo. Y allí, entre aquel tapiz nevado solo estaba ella, mirándola, mirándose. Por primera vez se vieron, por primera vez cruzaron sus miradas. El vuelo se hizo errático, como si la brisa la arrastrase, aleteo tras aleteo, poco a poco se fue acercando y se contemplaron. Los pétalos se movieron lentamente y las alas blancas se confundieron. Allí estaban ellas mirándose por primera vez bajo la luz azul de la Luna.

< 20 >

A la mañana siguiente la amapola le habló a los sabios abetos.

—He conocido a una.

—¿A quién has conocido?

—Anoche conocí a una mariposa.

—¿Una mariposa nocturna? —le contestaron los abetos al tiempo que ella abría mucho sus pétalos diciendo:

—No, no es una mariposa nocturna, ¿las hay que solamente salen por la noche? Porque ella vuela de día y de noche.

Los abetos interrumpieron con un murmullo difícil de describir, como el roce de las hojas empujadas por el viento.

—Amapola, hay unas mariposas que vuelan por el día y otras que vuelan por la noche, pero ninguna que vuele por el día y por la noche. ¿Nos cuentas cómo era ella? —le preguntaron los abetos.

La amapola estuvo buena parte de la mañana describiendo su efímero cuerpo, la ligereza y belleza de sus alas blancas, que cuando la luz de la luna le daba, irradiaba ligeras tonalidades azules junto con los pétalos de la amapola.

—Ya llega, me voy. La veo al otro extremo del prado.

Unas alas sobrevolaban la superficie blanca del prado, unos pequeños puntos amarillos se intercalaban entre aquellas otras sus hermanas blancas, amapolas y margaritas, son las únicas que están, y de entre todas las flores vuelve a posarse sobre su joven amiga.

El día no solo llegó, sino que pasó junto con la noche. Así estuvieron a partir de entonces, el prado solo se redujo para ellas a una flor y a una mariposa.

La primavera fue pasando, el verano se acercaba y la mariposa siempre estaba allí, junto a ella; un día le dijo:

—Me encantaría volar, mover unas bellas alas y poder ver qué existe al otro lado del prado, más allá de las cumbres de las altas montañas.

—Pues a mí me gustaría sentir el latir de la tierra y escuchar el conocimiento de los árboles.

La amapola soñaba con volar, con sentir la caricia que lleva el viento. Pero por más que lo intentaba era el aire quien movía sus pétalos.

Aquella mañana la mariposa le dijo:
—¡Volarás!, si quieres, hoy volarás.
La amapola se quedó mirándola fijamente y le dijo:
—¿Hoy podré volar?

La mariposa rodeó con sus alas a la amapola, se internó en ella y poco a poco un color rojo empezó a extenderse entre los pétalos de la amapola y las alas de la mariposa. Por ese motivo las amapolas son rojas.

La amapola estaba sorprendida de todo lo que estaba pasando y se dio cuenta de lo que acababa de suceder. Ella, su amiga, había perdido las alas y ella las tenía ahora. Unas enormes y de un color rojo intenso, ahora ella era la que podía volar. La mariposa quedó ahí, tendida sin alas, hasta que su cuerpo se fundió con los nuevos pétalos rojos.

Alzó el vuelo, llegó a la linde del prado, cruzó los bosques, llegó a la cima de las altas cumbres y volvió.

—¿Por qué has vuelto?

—Porque no hay nada más que desee que lo que se encuentra aquí, en este pequeño punto dentro del prado.

—¿Sabes?, a mí me gustaría sentir, aunque sea por un instante, lo que sienten los humanos.

—Nunca he escuchado hablar de ellos.

—Son extraños, tanto aman, como son crueles con quienes aman.

—Pues, ¿sabes?, a mí me gustaría tentar aquello que vi más allá del horizonte, escuche que le llamaban mar.

La noche llegó, los sumió en un sueño. Los pétalos rojos se confundían con las alas rojas, no distinguiéndose quién era quién.

< 28 >

Ellas amanecieron allí sin saberlo, como en un sueño, junto a las orillas del mar.

El mar estaba blanco o era el cielo, no se podía ver nada, sino una penumbra iluminada. La niebla se fue disipando, el calor que todo lo desfiguraba dejaba ahora entrever una línea sobre o bajo el horizonte.

—¿Estás despierta, ves lo que yo veo?
—¡No lo sé!, ¿qué es lo que estoy viendo?
—El mar.
—¿Y cuál de los dos azules es?
Una suave brisa produce un sutil movimiento y crea pequeñas olas, la superficie del mar se mueve ligeramente.
—No me contestes, ya sé cuál es.

El cielo había amanecido de un azul turquesa intenso y el mar, el mar dejaba transparentarse a través de tonalidades aguamarinas.

El sol despuntó sobre el horizonte y poco a poco fue dividiendo la línea delgada que separa el mar del cielo, aunque su color sea el mismo. Sobre la arena se encontraban dos cuerpos, uno embutido en el regazo de otro y unos ojos que contemplaban a aquellos otros cómo dormían plácidamente. Alguna nube cruzaba el cielo, a modo de cuadro hierático, no con el objeto de dar penumbra, sino de otorgar profundidad y belleza a un azul eterno. Su imagen se reflejaba en el mar y ahora era ella la que se asomaba desde lo alto y miraba hacia abajo con sorpresa y curiosidad, nunca se había visto a sí misma. El mar estaba calmo, quieto, sin prisas, sin olas, parecía un espejo.

Se despertaron frente al mar, junto a él, junto a lo que consideraron un sueño.

Unos ojos miraron a quien tenía en su regazo, acariciándola, como solo una madre sabe acariciar y comunicar a quien ha dado vida. Se despertó y miró ese otro rostro, se miraron y se contemplaron como humanos por primera vez, no necesitaron nada más, así estaban y así quedaron.

Quien había sido la amapola le pregunta:
—¿Por qué perdiste las alas?
—¿No te has dado cuenta todavía? Por ti.

En el regazo permanecieron como amantes, únicamente lo que le duele a la amapola es que la mariposa perdiese sus alas por ella.

Estaban tendidas sobre la arena, una miraba a la otra esperando algo que no llegaba. Tendió su cabeza en su regazo y como una madre comenzó a mecerla como a una hija apasionada, acariciando su vida y tranquilizándola con sus palabras. Esa voz de mujer relata canciones que el tiempo arrastra en pequeños e inconexos retazos que solo ella es capaz de leer. Honra su voz y el ser mujer, sus manos ásperas por un trabajo agotador de sol a sol las arrastra a las olas que el mar trae, que el mar se lleva aguas adentro. Siente su corazón latir, siente como su mente se tranquiliza por sentirla. Su corazón no se apacigua, le relaja, la sinrazón queda exiliada, los sufrimientos la observan, ella como madre, como mujer y la otra entre sus rodillas en su regazo abrazándola, mientras el mar se acerca poco a poco, nada les importa. Ella habla, su relato es breve, intenso, sabio, esclarecedor, la vida que se le escapa la restituye ella con una sonrisa sobre sus labios.

El agua toca sus pies, sus ojos miran las aguas del mar y éstas se retiran despacio, alzándose sobre las orillas. Ese mismo mar tumultuoso reflejo de tormentas con sus colores grises y aguamarina las miraba, él las miraba a ellas y se tranquilizó ante la voz de una madre, ante las palabras de una mujer.

El mar comenzó a entretenerse con las rocas de las orillas alzando grandes olas y gotas de agua que ocultaban el sol, no sabemos si por furia, rabia o por hacerse un lugar en la atención de aquellas dos amantes.

El Viento del Norte sopla sobre el prado, las imágenes son arrastradas por él a lo largo de un manto verde vestido de blanco y el mar queda atrás en el recuerdo real de un sueño.

El día amaneció azul, el prado estaba tranquilo, la brisa oscilaba las flores suavemente y en toda aquella imagen, un único punto rojo era visible desde cualquier lugar, es nuestra amapola. Ella abrió sus pétalos rojos y una bella mariposa blanca extendió sus alas, ambas se miraron, la amapola y la mariposa, y desde entonces permanecen allí en el prado, junto a las altas montañas de nieves eternas.

Aún, después de los años transcurridos, hay quien dice que ha visto una amapola roja en un prado de nieve sobre el que se posaba una mariposa blanca. Otros dicen que han visto una amapola blanca en un prado de nieve sobre el que vuela una mariposa roja... no saben que ambas son verdad y que ambas son la misma.

Incluso dos mariposas blancas o rojas volando a la vez y dos amapolas blancas o rojas sintiendo la brisa entre sus pétalos.

Una joven haya le preguntó a un vetusto y viejo abeto quién era el ser más anciano y sabio de aquel lugar. La joven haya decía que seguro que serían ellos o las altas montañas, pero... el abeto miró hacia abajo, tanto que casi pierde el equilibrio y contempló a una amapola que tenía en su seno a una mariposa.

¿Por qué la amapola es roja?
Porque una mariposa le entregó sus alas.
Pero no todas las amapolas son rojas ni las mariposas de colores...
también las hay blancas y rojas.